電解質のコラージュ

高草木倫太郎

七月堂

目次

電解質のコラージュ

便器

一九三四年二月二一日金曜日
デュッセルドルフ
アパートの一室

男が放尿しながら人差し指で鼻を弄る
便器に溜まった尿に鼻くそを投げ入れると
水面がしゅわしゅわと泡立ち、
この世のものとは思えない美しさの
女神が姿を現して、
これから起こることを全て教えてくれた

一九四七年十二月七日月曜日
サンパウロ
管理人室

管理人、感謝状、時計、鏡、段ボール
管理人、感謝状、時計、鏡、段ボール
全てがデジャビュとなった時、
民主主義の理想が結実
二日後に死ぬというのに、
なぜ全て見えるのか

一九五五年六月一五日月曜日
重慶
食堂の片隅

外から誰かの口笛が聞こえてくる
十年後にこのことを思い出したとき、
それが自分の口笛ではなかったなんて
どうしたら断言することができようか
外に出て雷に打たれた瞬間、
雷に打たれなければよかったと後悔した

一九六五年十一月十七日月曜日
ニューヨーク
摩天楼

確認飛行物体の白いビニール袋が
ビルの谷間で風に翻弄されている
もし街が無人だったとしたら

逆に谷間を翻弄していたに違いない
煮詰まった鍋の蓋を開けた瞬間、
自由意志が弾丸のように飛んできて
片方のレンズを曇らせた

一九七三年十一月一八日水曜日
キャンベラ
体育館のシャワールーム

シャワー後の雫による競争
頭のてっぺんから床にかけて
垂直距離は約1.8メートル
勝敗を左右するのはコース選択
優勝者にはレース会場としての未来が約束される
死闘を繰り広げる雫を見て昔が恋しくなった

一九八六年三月四日金曜日
バンドン
病院

病床で高熱にうなされながら
分類する
こっちはあの人たちに任せて
あっちはこの人たちに任せよう
天井の黄色いシミが放つ黄泉
他の場所にいてもシミであってくれ

一九九九年一〇月九日水曜日
兵庫

全てがいきなり輪廻転生
共和制君主が地球上に溢れかえって
贅を尽くした無気力を貪る
「おかえり」がこれほど痛みを伴わなかったのは、
歴史上非常に稀であった
世界の変化が隙間の変化で、
糞転がしが糞を転がさないとき
傘を振り回すのが億劫になる

二〇〇六年九月十三日火曜日
サンクト・ペテルブルグ
民家

自分が先に逝く可能性による
勢力均衡は、国際政治の教科書から

抜け落ちており、鏡を見ても、
水垢ばかりにフォーカスが当たって
自分の姿がよく見えない、wrong

二〇一五年五月六日土曜日
釜山
地下鉄

夢の中で有名なモデルが
スツールに腰をかけ
「普通」とは何かについて熱心に語っている
哲学的で深淵な議論に首肯しながらも、
起きてからその内容は完全に忘れてしまった
一秒あたりの新着メールの数が、
一秒あたりの新生児の数を超えた時

二〇二一年九月三日火曜日
ブエノスアイレス
畑

絵画に輪郭だけを提供することが
ファッションになっていく様を見ながら
水溜り、ホームレス、スカートの襞、
全てが世界の歪みであって、
全てが自分の希望であって
全てが胡散香る事実

※＊

一九三四年二月二一日水曜日

デュッセルドルフ
アパートの一室

男は鼻くそを人差し指と親指で丸め、
便器に落とすと、
しばらく黄色のグラデーションを注視した
「流したくない」と思ったが、流すしかなかった
汚物が流れる轟音を背景に、仕事に出かける

グリッサンド

彼女が椅子に座るとき、椅子は無限か
それとも節足動物か
森羅万象を司りたくないという望みは、
聞き入れられることも、拒絶されることもなく
海が椅子に糞を垂れるとき、
下水道という臓器が、弁をひらひらさせて
移植の手立ては阻まれた
二〇二一年九月五日

考える、故に我あり、

故に埼玉県に行ってみたい
考えても自分がいなくなって
それは勘違いだと気づいて
地図を広げて折り畳む所作に伴う欺瞞と声
沈む、故に我あり
深海魚の哲学は人間のそれとどう違うのか
隆起する物体は全方向を反射する
ウランバートルの景色

スープに小麦粉でとろみをつける
亀裂の入った肌はなんとも美しい
そんなふりをしながら、伝統工芸品である
私の姿を作り上げていく
自分の輪郭を貸し与えるプロセスは切実で
スープは小麦粉にうんざりだ

小麦粉を塗り固めたものより
繁華街の肉まん

時間を割くのに値する、
値を割くのに時間するものなどあるだろうか
牧師様、罪人に時間をください
時間が始まっていないのに
出発時間が迫りつつ
自動改札機を乗り越えて太ることは分解すること
牧師様、痩せっぽちに時間をください
分解が始まる、時間が始まる
食物繊維が飛翔する

綱なしバンジーと創世記的なもの

彼は綱なしバンジーを飛んだ
重力加速度は容赦無く
彼はすぐに地面に到達した
それでも彼は地面に負けず、
逆に地面を割ってしまうのであった

そして地層をぐんぐん進む
進むうちに、歴史に埋もれた精霊たちの
声に近づく

精霊たちは異口同音にいう
「我々の罪は創世記に歯向かったこと
すなわちそれは神聖なる言葉に歯向かったこと
その点で我々と君は同類です」

そうこうしているうちに外核、内核
液体から個体への突入は一種の快感を伴った
終着駅、我らが母性の中心には、
荘厳なゲートが待ち構えている

羃め面をした筋肉質な門番が、
「お前は何をしに来たのだ」
と一言、それに対して彼は、
「僕は綱なしバンジーを飛んだのです」
と短く答える

重たい門が大きな音を立てて開くと、
そこには紳士風のコアが鎮座していた
紳士風のコアは、例の言葉と戯れている
「君が道中であった精霊たちは、これらの言葉に背いたのです。
それ故、埋めました」
「背かなければどうなります」
「それは不可能です。すべての生は本質において進化論的なのです。
本質において、神聖なる言葉に背いているのです」
「なるほど」

紳士風のコアは机の引き出しから
立派な髭をたくわえた老人を取り出した
「この老人をはりつけにすればここを通してあげましょう」
彼は渋々この老人をはりつけにした

どこかで見た顔だったが、一体誰だったのだろう

彼は老人と紳士風コアに別れを告げ、
再び地層を通って地表に出た

異国の地で彼は再スタートを切った
言葉を学び、仕事にありつき、家庭も築いた

それから数十年
彼はすっかり年老いた

ある夏の日、
太陽が激しく照りつける日、
彼は海辺のカフェで妻と一服している
ビーチではしゃぐ若者たちを見て、

自分の若者時代を思い出した
ビールのグラスから
滴がテーブルに沈み込んでいく
彼の思い出が脳裏に沈み込んでいくように

妻がお手洗いに立って、
しばらく一人で遠景を眺めていると
聞き覚えのある声がした

「俺たちにはカタをつけないといけないことがある」
そう言ったのはあの時不在だった綱である
綱の銃口が彼をそっととらえた

5時から7時まで、ぜろぶんのいち

熱に浮かされたように空中で踊り、
エレガントな騒音はなんとも高慢な顔つきだ
「それでいいのかい?」
と彼らが尋ねるのは、それで良くないから
今、虚な夢が君を包み込む

厄介な時期が過ぎ去れば、
この蜘蛛の巣から、何が期待できるだろうか
放火、是
信じられないような重力、否

初めての旅を終えてすぐ、
若い魂は決して動揺していなかった

敬具
なんて言葉は、
歴史が始まってから一度も見なかったことにしよう

「裏切られた」という感情を君は知らない
「全会一致」という存在を我々は知らない
投げ上げられたゴミは、地に落ちることなく
そのまま飛び去っていってしまった

借りものの羨望は
何も面白くない、なぜなら
「褒めそやされた鳥がセンチな活動のなかで

激しく泳いでいる」
なんて戯言を平気で口にするから

反乱は存在しても、
その中を航海するのは決して容易ではない

三角形の中に四角があると
老いた男は言う
選択肢というのは決して奪われないのか

騙されたカエルは確信している
エスコートされている人物は
自身の重要さゆえに好きなものが食べられない
そして、掘削された人格は
とてつもなく過大評価されている、なぜなら

けむくじゃらの心が愛すべきものであるから
太陽がカタツムリに照りつける
彼は水、あるいは君を渇望しているのだ

こそばゆさは全てへの鍵である
他のものは入念な計画に他ならない

我々はいつも一歩遅れている
というのも、「指示」に従うから
そして「指示」は虚無が空で与えるもの
我々は永遠を望むが、

遍在する存在を
預言者たちは与える

「君たちは限りなくぜろであるが
それ故、限りなく無限である」

月から飛行機雲までの距離

月に水を混ぜて
ホットプレートの上に薄く広げる
すると、気泡がプップツと出てきて
薄い生地が出来上がる
その上に、飛行機雲とバナナとを添えて、
食後のデザートにした

その日の夜、不思議な夢をみた
飛行機の乗客席に座っているが、
周りには誰もいない

キャビンアテンダントさえ見当たらないのだ
とりあえず飛行中の機体の中を徘徊し、
ぼーっと時間を潰した

すると、機体の後ろの方から甘い香りが漂ってきたので、
香りに誘導されるように、後部座席に移った
そして、窓の外を見ると
機体のエンジンからモクモクと、クリームが出ている
香りの正体を突き止め、得意になったが、
手の届かぬクリームを前に、涎を垂らすしかなかった

腹が減り、このちょっとした絶望は
悶絶へと姿を変えていった
そして、日が暮れるにつれ、事態はさらに悪化した
というのも、太陽が沈むと同時に、

小麦粉の塊が大空に顔を出し、
空腹感を窓越しに刺激したのである

いてもたってもいられなくなり、
コクピットの扉を蹴破って中に侵入した
するとそこにも誰もおらず、
飛行機は無人で飛び続けている
操縦席に腰を落ち着けると、舵をグッと引き寄せ
グングン高度を上げて、小麦粉の塊を目指した

小麦粉の塊は思ったよりも近くにあって、
その姿は、急速に鮮明、巨大となった
うまい具合に着陸しようとしたが、
遠近感が大いに撹乱されたため、
そのまま塊に突っ込んでしまった

そこには辛味、
すなわち忘れ去られた甘味があった
エンジンが排出するクリームと小麦粉は混ざり合い、
一つの輪郭を形成する
過ぎ去った全てのものに対して、
防腐処理がなされていた

次の日、飛行機が刺さったままの
塊をスプーンでくずした後、
それを水と混ぜて、
ホットプレートに薄く広げた
プツプツと気泡が出だした頃、
玄関のチャイムがなる

玄関を開けると、そこには私がいた
「おかえり、もうすぐできるよ」

珪藻土、1,790円

私は珪藻土のバスマットを利用していたが、
今般そのバスマットには何か危険な物質が
含まれているということになり、
私は彼を店に返しにいくことにした

私は愛用したバスマットを脇に携え、
電車に揺られながら
悔悛の念に駆られた
毎晩私から滴る水分を、なんの文句も言わずに
吸い取った彼

そんな彼を裏切る私

店でそのバスマットを差し出すと
渡されたのは、1,790円
実の子を施設に売り渡したような
感覚に囚われながらも
そのお金を私は受け取る

そのお金で私は詩集を買った
しかし不思議なことに、
この詩集は私から滴る水分を
一向に吸い取らない

気をつけて、地球を踏んでいるよ

一緒に道を歩いていると
あなたの足元で、何かがポキッと音を鳴らす
だから私は言いました
「気をつけて、地球を踏んでいるよ」

するとあなたは恥ずかしそうに赤面し、
ずっと使っていなかった翼を広げて
「これで大丈夫」
と呟きます

強い風が吹き
あなたはそれにさらわれて
私の視界から消えていきます
「どこにいくの」

私はあなたがこう言うのを聞いた気がします
「向こう側で会いましょう」
私はネットで「向こう側」を調べましたが
それがどこかはわかりませんでした

A Day in the Life

I

缶詰の羊羹を食べようと思い、
プラスチックの蓋を開けると
裏側にスプーンが張り付いていた
私は彼を発見した途端、
自分のスプーンを持ってきて、
それで羊羹を食べてしまった

使われなかったスプーンは

そのままにして、
机の中にしまっておくことにした
本来の目的を奪われた彼の姿は
何にもまして、
美しい

Ⅱ

プラスチックの蓋の下には、
缶詰らしく栓がついていて
私はそれをゆっくりと剥がした
しかし、どれだけ丁寧に剥がしても
どれだけ慎重に剥がしても
中の汁が机の上に飛び散ってしまう

蓋付きのものを食べるときは
必ず、汁が机に飛び散ってしまう
あまりにも確実なので
私はそこに心の安寧を見出した
そして、逆に心配を始めるのである
「飛び散らなかったらどうしよう」と

Ⅲ

羊羹を食べ終えて外に出ると、
足がペチペチするのに気づいた
靴を脱いで確認すると
「こんにちは」
靴下の穴が私を覗き込んだ
私は穴の目線から目を逸らしてしまった

この靴下と歩みを共にするのは最後か
妙な責任感が私を襲った
記念に彼との歩みを振り返ってみようとするのだが
何も思い出せない
罪悪感を感じながら最後の歩みを進める
靴下は何も言わなかった

Ⅳ

学校の図書館に出向いて
本を読んだ
途中で尿意をもよおしたので
トイレに向かう
トイレのドアを開けた瞬間、

センサーが反応して明かりがついた
全くの偶然で、私は点灯の瞬間を捉えた
電球のフィラメントが、
一瞬、赤く燃え上がり、
部屋は暖かい、神秘的な色に包まれる
しかし、幻想的な空間はすぐに過ぎ去り、
尿意の要請だけが後に残った

V

私は学校の近くの店で、ラーメンをすすりながら
自分のことを「軽薄」だと思った
しかし、この感情が芽生えた瞬間、
何が重くて、何が厚いのか

それを規定するルールが崩壊してしまったため、
私は無重力の中を漂流することになった

漂流の彼方で、崩壊の責任者にあった
上等そうな木でできた机の後ろで
プラスチックの椅子に座っている
彼の背景には無限の時間が流れていて、
さまざまな色が混じり合っていた

私は彼のことを執拗に責めた
彼は目を閉じて静かに耳を傾けていたが、
やがて目をゆっくりと開けると、
椅子の方に私を招いて、そこに私を座らせた
そして、彼は悟ったような微笑みで私を一瞥し、
背後の混色の中に消えていってしまった

私はプラスチックの椅子から見える風景に
この上なく素晴らしい残酷を見出した
それは私を突き刺し、そこから動けなくする
私は目前に広がるものに完全に魅惑されてしまい、
椅子に固定されてしまった身体を震わせながら
崩壊の仕事を彼に代わって担うことにした

集中なんてしたくない

集中なんてしたくない、絶望するだけだから

中指の先にささくれがあることを
私は親指の感覚を通して知り
36分前の新着メッセージが
あと何回現れたら、終わりなのかを考えて
そしてその瞬間、ほとんど反射的、本能的に
この文章を認めながら
私は歯でそのささくれを噛みちぎってしまった
私は歯でささくれを噛みちぎる癖を

電車の通路に鎮座する仏像のように
しばらく封印していたが
鎮痛剤の説明書を読むが如く
悪しき習慣は再び姿を現した

私はこの習慣と、習慣の顔をした習慣と
目を合わせることに気後れを感じたので
問題の本にブックカバーを頼む代わりに
自分の夢の中に逃げ込むことにした
そこはどこかの商店街
あるいは商店街の形をした商店街で
私は寿司を片手に、当てもなく歩いている
すると、私はある魚屋の前で
水槽の中で驚愕するプラスチックと
人の流れも意に介せず、人道的介入も行わず

通路の真ん中に、マンホールを見下しながら
我が物顔で鎮座する椅子を見つけた

私は、所々腐食した滑稽な椅子が
所々腐食して滑稽であるよりは
私を手招きする方が良いと思ったので
魚屋の方に顔をむけ、寿司を地面に置いて、
座るようにして座ってみた
魚屋の主人は怪訝そうな顔をしたが
それは絵本のように危険な顔で
私は意外にも座り心地がいいことに気づき
そのまま、うとうとし始めた
そしてブックカバーを剥がして捨てる代わりに
再び現実の世界へ戻っていく

すると、そこにはまた
あの悪しき習慣としての文化講座
あるいは文化講座としての習慣がいて
大空で雲の流れを決めていた
私の両目に、太陽光を仕向けてくると思いきや
なんと太陽光を仕向けてきたのだ
私は苦悶の表情を浮かべて
右腕で両目を覆ったが
覆うという行為による、覆う行為によって
手の先端に生じた勢いが
ささくれをそよがせるのを感じた
早く目覚めなくてはならない
アラームをつけ忘れたのか、あるいはつけ忘れたのか

私は、あの椅子の上で目覚めた

すると周りには人だかりができていて、
通行の邪魔をする私を非難した
非難されるべきは、椅子であるのにもかかわらず
私は急いで立ち上がり
スペースシャトルの最高時速を計算しながら
まだ完全に覚醒していない頭
すなわち、完全に覚醒した頭
すなわち、完全に覚醒していない頭を働かせながら、
人混みを分けて、ひたすら進んだ
すると後ろから、私が置いてきぼりにした寿司が飛んできた

頭上にサーモンをいただいたまま
川の上流で分解され
土壌に還っていくことに憧憬の念を抱く
私は歩みを続けたが

そもそもどこを目指せばいいのかもわからなかったし
どこを目指せばいいのかを完全に把握していた
こんなことになったのも、全部ささくれのせいだ

ふと中指を見やる
するとそこにはささくれが侵入していて
私を挑発した
私は自分の感覚から全てのピントを奪い取ってしまいたい

46億年

大戦が終わってからまだ76年
朝鮮戦争が始まってからまだ71年
ジェームズ・ディーンが死んでからまだ66年

私が生まれてからもう21年

安保闘争からまだ61年
文化大革命が始まってからまだ56年
ビートルズが解散してからまだ51年

私が初めて自転車を漕いでからもう16年

「ジョーズ」が公開されてからまだ46年
ジョン・レノンが死んでからまだ41年
ゴルバチョフが書記長に就任してからまだ36年

私が初めて反省文を書いてからもう11年

クウェート侵攻からまだ31年
阪神淡路大震災からまだ26年
20世紀が終わってからまだ21年

私がマラソン大会をサボってからもう6年

ヨハネ・パウロ2世が死んでからまだ16年

ハイチ地震からまだ11年
リー・クワンユーが死んでからまだ6年

私が私ではなくなってからもう1年
みんながみんなではなくなってからまだ1年

治療

I

遠くで信号が点滅する（近くで戦争が勃発する）
急いで渡り切る（ゆっくり植生が崩壊する）
渡り切った後の息切れ（水爆が吸い込む空気）
そして押し寄せる不快感（発散する砂の隙間）

なぜ急いでしまったのか（辞書が劣化したから）

毛穴という毛穴から（唯一のサイロから）

すぐに蒸発するはずの（永遠に消えないであろう）
汗が噴き出す（核のエネルギーが飛び立つ）
風が彼らの表面を浚い（時間が何も解決せず）

体温が奪われていく（鉢植えに水をあげる）

帰ったらシャワーを浴びよう（エアコンを修理しよう）
そう決めて帰路につく（翻意してノートを開く）
汗はもう、干からびていた（水害で破壊された田んぼ）
風が浚うものはもうない（風邪が消耗する体力は残っていない）

私の命も干からびる（荒野に萌芽が見出される）

シャワーを浴びると（パテが意味をなさないと）
人体は大理石のように輝き（蛹は不可視に包まれ）

永遠の封印を受ける（永遠の封印を受ける）
最後の抵抗（最初の発話）

最後の永遠（最後の地球）

しかし、家に着くと（ところで、テレビをつけると）
なんとなくいいような（確実に醜い）
うまくいく気がして（気がして）
シャワーを浴びずじまい（導線をひきちぎる）

こうやって生きていくのだろうか（知らん）

Ⅱ

間奏曲に（ピラミッドの建設現場で）

外に出て切手を買う（空洞ができた場所には）
トランペットが雲を吹き飛ばし（奴隷の汗が染み込んで）
空は隅々まで澄んでいる（地中でマントルを形成する）

本文を書き忘れたので（残ったコーヒーを）
空の封筒を送る（捨てようと思ったのは）
今私が体感しているものを（今まで断片が紡いだ演奏の）
余すことなく伝えるため（結果であった）

再開の時間（背表紙には）
席に戻ると、心配になる（蜘蛛の巣とバーコードが）
なぜなら正しい切手を買ったか（城壁のような格好をして）
わからなくなってしまうから（全てが明るみに出た）
演奏は再び盛り上がるが（山の頂上から見下ろしても）

私はヤキモキ（焼きそばの流れしか見えなくて）
同じ気持ちで楽しめず（大理石のひび割れを）
後悔の念が襲う（一本一本麺で修復する）

知って欲しい（全てを隠そうとして）
私が感じる全てのことを（全てが明るみに出たと思えば）
感じて欲しい（そのことによって全てが隠れて）
あなたが知っている全てのことを（再び明るみに出る）

シンバルの音で（琴線に触れるのは）
私の心配は吹き飛んだ（他でもない金メッキの）
それでは、お返事お待ちしております（何か）

Ⅲ

商品棚の間で踊っていると（ヴァスコ・ダ・ガマが思い出せなくて）
鬱屈とした顔の店員が（インド航路を発見すると）
羨望の眼差しで私を見つめる（自分が教科書に載ってしまい）
その目線にたじろいだ私は（ヴァスコ・ダ・ガマを殺してしまった）
商品棚が双方から迫り来るのに（ガチャガチャの商品になった彼は）

争うことができなかった（戦争に駆り出されて）
諦めて逃げる（生き返る）
手にはグレープフルーツ（コンパスの針をもぎ取って）
走れば走るほど、中身が逃げる（鉢植えに植える）
店の入り口には小さな人影が（エッフェル塔の模型が生えてきて）
背中を向けて、何かを呟いている（中にはチョコレートが）
「開放してくれ」（溶けそうになっていた）

私は去り際、彼に中身のないグレープフルーツを渡した（「おかえり」）
彼は短く答える（読経で足が痺れると）
「こんなもんだよな」（「流石に疲れた」）

店を出てすぐ、激しい陽光が私を捉えた（地球の自転に足を取られて）
目が眩みふらっとしたが（サングラスを川に落とした）
それで良いのかもしれない（どんぶらこ）

Ⅳ

タバコのガラスケースが、レジの横に（玉露の意味を知らなくて）
心地悪そうに立っている（恥をかいたその時）
ガラスケースは全てについて無関心だが（チタン製の鉄拳に）
自分の身なりには気を遣う（思い切り殴られて）
ガラスケースの側面には（四本も手があれば）

にこりと笑うおじさんのポスターが（なんでもできそうなものだが）
貼ってある（香水の香りに負けて）
名はハンフリー・ボガート（分解してしまった）
右手でタバコを吹かしている（左手はチタン製）
ガラスケースは（国語の授業を退屈そうに）

「ポスターは過ぎ去りし日の思い出ではなく（「聞いた過去」）
敗北と勝利のシンボルなのだ」（「聞かない未来」）
と主張して譲らない（党大会の罵声）
「彼の微笑みは君に向けられてはいない（ソーセージの製造過程と）
君の無関心に向けられているのだ（本の製本過程は）
君が美しいものに無関心だからこそ（同じくらい醜いと）
彼がそれを独占できるのだ」（シェイクスピアが言った）

ある男がタバコを買って帰る（タバコを吸うと）
ボガートは、帰り際の彼に（肺がんになる）
ガラスケースの言うことは傾聴に値しないと（から）
こっそり耳打ちする（吸わない）

ミルキーウェイ

風呂上がりに
鏡に向かって前屈みになり
フロスで歯垢をとっていると
鏡にピチャピチャと
思考が飛び散る

何日もそのままにしておくと
思考が溜まって
星々の連なる銀河のようだ
思考の銀河の背面には

貧相な自分の体が見える

ちょうど乳首と乳首の間が
天の川のように
キラキラときらめいて、
私の取り留めもない思考が
貧相な体を幾分かマシに見せている

しかし、鏡の前から離れてしまうと
そこに残るのは貧相な体のみ
思考の銀河は私を守ってくれない
ふと下を見下ろすと
そこにあるのは天の川ではなく

なんとも見窄らしい

なんとも素晴らしい
なんとも醜悪な
なんとも美しい
なんとも天の川

●非常の際には、客室自動ドア横の通話装置で乗務員と通話できます。
●不審物や持ち主のわからないお荷物は、直ちに乗務員までお知らせください。
●In case of emergency, you can talk to the train crew via intercom beside the door.
●Please notify the train crew immediately if you find any suspicious items or unattended baggage.

●パソコン・携帯電話用コンセントは、停電または電圧変動することがありますのでご注意ください。(AC100V/2A/60Hz)
●パソコン・携帯電話の使用はまわりのお客様にご配慮ください。
●The power outlet located in your armrest is for laptop or mobile phone only.
Be aware that supply voltage may shutdown or fluctuate.

● Please be considerate of other passengers while using your devices.

●車内では無料の公衆無線LAN(Shinkansen Free Wi-Fi)がご利用になれます。

● Free Wi-Fi service is available in this train.

●運行情報はこちらをご覧ください。

● Please check here for operating information.

フック荷重制限 5kg

テーブル荷重制限 10kg

Folding hook: max 5kg

Table: max 10kg

君の肛門になりたい

便座に座って脱糞する
なんのためにするのか
それは、体内で不要なものを
外に出すため
不要なものを外に出すことで
代謝を進めて、健康でいるため
なぜ健康でいたいのか
病気になって苦しい思いをしたくないから
なぜ苦しい思いをしたくないのか
おそらく僕には動物としての本能が備わっていて、

苦しみから自らを遠ざけるように
脳が設計されているのだろう
なぜ設計されているのか
それは髭を蓄えた学者が
生き物を見て自分の考えを押し付けた瞬間から、
設計図を書くことが良いことだと皆が信じ込んで
設計図がなければ何も説明できなくなって
なぜ彼らのいうことを聞かなくてはならないのか
それは皆が彼らは偉い人だと共通の認識を持って
彼らのことを信じて生きていくべきだと思って
なんの疑問も抱かずに
日々暮らして
なぜ共通の認識を持つのか
なぜ信じるのか
なぜ疑問を持たないのか

あるいはなぜ疑問を持つのか

わからない、だから僕は脱糞なのだ

そんなことを言うと、
君は僕の肛門になりたいと言い出す
なりたいと思うぶんにはいっこうに構わないが
僕の肛門には、
TOEFLで100点以上取らないとなれないよ

壺

ティーポットを傾けすぎると
漫画の誇張された瞳が全てを目撃し、
蓋とポットの間から、紅茶が漏れ出る
「彼女」はそのようにしてこの世に生を受けた
天使の概念を鵜呑みにした人間が陥る事態を前に
注ぎ口から出ることをよしとせず、
先住民との戦争を想起させる軌道を描いて
蓋とポットの間から漏れ出たのだ

「彼女」は走高跳びをテレビで見ている

ゼッケンの色が文庫本の登録番号と重なりながら
助走を始める前の選手の顔がアップになると、
焦げ臭い匂いがした
何かが燃えているのかとあたりを見回したが、
ガガーリンが見つけたように
燃えているものを見つけることはできなかった

選手の表情を、
その日の日記で表現しようとしたが
ガラス細工によって屈折する光が記憶を遮り
焦げ臭い匂いしか思い出すことができない
その焦げ臭さは何か緻密なもの、
夜想曲が奏でようとした柔らかさが燃えているような
そんな匂いだった

「彼女」は図書館で哲学書を借りる
哲学書はダンベルのように重い
石橋の亀裂を接着剤で埋めようとしても
それは古い本で、随所に書き込みがあった
しかし、書き込みは先に進むにつれて少なくなり、
たがが外れた樽が最後に息をひきとると同時に
ついには完全になくなってしまった

「彼女」は先人の挫折のあと
すなわちメドゥーサによって
モニュメントと化したものを前にして、
自分が読破したことに誇りを持った
そして最後のページに、
赤以外の色で署名を記す
しかし、署名のことが司書にばれ、

その本を買い取るハメになった

「彼女」は鈍行で旅をする
検索結果が的外れであった時の至福を
とことん堪能するため
名も無い駅に降り立って、当てもなく歩く
楠を見たことがないのに知っているのは
なぜかと考えているうちに日が暮れて
近くの民家に泊めてもらう
「彼女」は買い取らされた本を持ち歩いた
そして、何度も読んだ
ページが擦り切れるのは、
故郷に帰りたがっているからなのか

「彼女」がある駅に降り立った時、

それは短針と長針が喧嘩別れした時間だったが、
「私」はそこで券売所の当番をしていた
自動化の波により、機械に代わって
人間が当番をさせられるのである
「彼女」は「私」に例の哲学書を見せた
何度も読み返された本の最後には、
赤色以外の色で「彼女」の名前が記されている

「彼女」はこの本を、
この先にある滝に投げ捨てるのだという
それは何かからの決別であって、
何かとの出会いである
「私」はついていくことにした

その滝は、15メートルほどしかない、

メートル法でしか存在し得ないような
小さなものだった
彼女は両手で下から抱え込んでいた本を
そっと滝壺の方へ、放り出した
本は急転直下で落ちていく
あるいは我々が重力から解放され
大空に発射されたのか

「私」は、哲学書が鈍い音と共に、
滝壺に吸い込まれるのを目撃した後、
「彼女」の方を一瞥しようとした
そして、足を滑らせた
「彼女」の悲鳴を聞き届けながら、「私」は哲学書に続いた

そこにはティーポットがある

綺麗な花や蔦が丹念に描かれたティーポット
私はいつもの癖で、最後まで紅茶を出そうとして、
ポットを傾けすぎてしまった
すると例に漏れず、蓋とポットの間から紅茶が漏れ出てしまう

漏れ出たしずくは、誰かの死を悼む涙のようだった
私は紅茶を味わおうとしたが、落ち着かない気分になって、
すぐに飲み干してしまう
そしてふと耳を澄ますと、
何かがパチパチと燃えているのが分かった

そこには真っ赤な壺がある
何かが中で燃えていて、煙が部屋に充満する
しかし、なぜか焦げ臭い匂いはしない
私は不思議に思いながら中を覗いた

彼女の哲学書が燃えていた

私はなんとか哲学書を救おうとしたが、
方策を考えているうちに、
本は灰燼に帰してしまった
私は原形を失った思い出を前にして、
なす術もなく泣き崩れた

ドキュメンテーション

9/17 17:53

大崎広小路で、ひらくドアにご注意ください、欧州のpigsを便利に、快適に、ブルーラインが描く軌跡は、引き込まれて泣く傘のように、駅徒歩6分の街をハックすることが、マルい視点を、決済セールの中に落とし込んで、脅迫的に迫り来るエレベーターから漏れる声は、ライフスタイルに合ったインターネット回線を、非常通報装置に接続する刹那、開という文字の下の矢印が、旗の台に到着して、大井町線がここで乗り換えるとき、抗ウイルス抗菌がredundantなことまで、真っ白なドライヤーと黄色い線の内側が混じり合う、まもなくという時間は、総合会計事務所の閃光に目が眩む経験を、禁煙という言葉に集約して、まもなく洗足池です

We will soon make a brief stop at Senzokuike.

9/18 14:00

青山一丁目から、ウイルス対策はマナーを守って、多彩なプランで新登場するのは、異世界にひらくドアにご注意くださいと言いつつ、永田町と「会いたい」がゆらめく表面から、石鹸の匂い、60㎝も伸びて、まもなく永田町で、50%もどってくる!、大きいサイズの可愛い無理なご乗車、丸の内線は乗り換えて、急行待ちの消化器、Z5の環境報告書は沿線へと伸びていく、日本製のふつうサイズ、それとも無限に連なる黄色い斑点が接近しておりますため、まもなく九段下です

Arriving at Kudanshita C6.

9/18 16:11

相手の声がひとりひとりに合う搭載車両と、お出口が右側であることの品川と東京行きは、ライセンスグッズのクリックと鉄の感覚、足のふらつき、気の迷いをクラウド型システムに記録するが、自分自在の彼方へと光線を描くべき、新しいカタチを脱毛して、融資が必要なマナーモードを喰らう転職に全てを賭ける、常人のなせるわざ、すなわちクリーンテ

クノロジーによって浄化されず、無数に交錯する電子音と赤色の点滅、仲良くプレイしたところで五反田に着くのか、疑問は打ち砕かれ、まもなく五反田です

9/20 13:31
食べ物の組み合わせが成婚率を左右して、プロに聞こうと号令をかけるのは、十分な注意を要する目黒駅と、手分けして運命の人、70億の可能性を始めるスタート地点、それをトライアルとして限定配信するのは、いかにも傲慢で、アルプス一万尺が響く車内と、レールの軋む音が際立って、地下鉄日比谷線が向かうのは、一つの挫折、一つの開始と回収と、仕事の無駄とその先の希望を指し示す地図は田舎者だなと思いつつ、「分配の加速」と厚顔無恥のなせる技、遠足なのかそれとも東急東横線か、まもなく渋谷です

2021/9/22 14:17
プレゼント！、すごいぞプレゼント！、非常装置の鈴の音、鼓膜に響くはドアコックが擦れる音、３秒でできる玩具、遊ンデネ、プレゼント！、配信情報が滑らかに滑り出す誌上の艶、それはこの子の未来を支えるもの、それ以上に全身脱毛が選ばれているのは、映像

の不可視と各駅停車の吉祥寺行き、スタッフ(staff)かスタッフ(stuff)か、間も無く発車、冷房の声、車掌の吐息、防災対策に駆り出されて、いつもの家事をわくわくビレッジで、天地創造の神話が生まれる、禁煙の領域、洗濯機で回転するユニフォームは余命わずかで、ご案内の響きは静寂に包まれた納骨

まもなく、駒場東大前

We will soon arrive at Komaba-todaimae.

インカレポエトリ叢書XV
電解質のコラージュ
二〇二二年六月一〇日　発行
著　者　髙草木 倫太郎
発行者　知念 明子
発行所　七 月 堂
〒一五四―〇〇二一　東京都世田谷区豪徳寺一―二―七
電　話　〇三―六八〇四―四七八八
FAX　〇三―六八〇四―四七八七
印刷　タイヨー美術印刷
製本　あいずみ製本

Denkaishitsu no collage

ISBN978-4-87944-493-6 C0092